DISCOURS

PRONONCEZ

DANS L'ACADÉMIE

FRANÇOISE,

Le Jeudi 27. Juin MDCCXLIII.

A LA RÉCEPTION

DE MM. BIGNON et DE MAUPERTUIS.

A PARIS,

DE L'IMPRIMERIE DE JEAN-BAPTISTE COIGNARD,
IMPRIMEUR DU ROI, ET DE L'ACADÉMIE FRANÇOISE.

MDCCXLIII.

M. B IGNON , *Maître des Requêtes , Bi-*
bliothécaire du Roi , ayant été élû par Mef-
fieurs de l'Académie Françoife à la place
de feu M. L'A BBE' B IGNON , *y vint*
prendre féance le Jeudi 17. *Juin* 1743. *&*
prononça le Difcours qui fuit.

M ESSIEURS,

L E S defirs les plus ambitieux peuvent être avouez
fans honte , quand ils font heureufement fatisfaits :
Je ne me défendrai donc pas d'avoir ardemment
fouhaité l'honneur que je reçois aujourd'hui , & l'a-
vantage ineftimable de puifer déformais dans vos
Affemblées , comme à la fource la plus pure , les
véritables règles du goût , de la précifion , de l'élégance & de la juftefle , qu'on ne peut fouveraine-

ment acquérir, que par un commerce intime avec
les Maîtres de l'Art.

Mais ce defir, quelque ardent qu'il fût, feroit
encore renfermé au fond de mon cœur, fi dans le
temps même où j'étois accablé de la plus vive douleur, & inacceffible à toute autre efpèce de confo-
lation, vous ne m'aviez prévenu par vos bontez,
& montré, pour ainfi dire, vos fuffrages prêts à fe
réunir en ma faveur. Vous ne pouviez me prouver
d'une maniére plus flatteufe & plus touchante, que
la perte que je venois de faire, vous étoit commune
à beaucoup d'égards, ni exprimer plus éloquem-
ment à quel point la conformité des malheurs rend
les hommes fenfibles.

En effet, MESSIEURS, quand je perdois un Oncle à qui je devois tout depuis ma plus tendre enfance, un Oncle qui n'avoit rien plus à cœur que
de me rendre digne de vous, & dont à ce feul titre,
la memoire me feroit toûjours infiniment précieufe,
vous perdiez un Confrére refpectable, qui après un
demi fiècle d'ancienneté parmi vous, voyoit fon
nom placé à l'entrée de vos Faftes ; un Confrére qui
jaloux de la gloire de fa Patrie, & par conféquent
de la vôtre, étoit devenu fous vos aufpices, le Re-
ftaurateur & le Chef de deux autres Académies célèbres, dont l'une a étendu fa réputation jufqu'aux
extrémitez de l'Europe, & l'autre l'a portée au-delà
même de notre Continent ; un Confrére enfin,
qui, auffi diftingué par le talent de la parole, que
par l'étendue & la variété de fes connoiffances, avoit

également brillé dans les fonctions du Miniftere Évangelique, à la tête des Lettres, & dans l'intérieur des Confeils.

Tels étoient ces Hommes rares, que le grand ARMAND cherchoit à raffembler, ou qu'il avoit deffein de former, quand il jetta les premiers fondemens de l'Académie Françoife, & qu'il voulut donner à la Nation, dans ce qui a rapport à l'efprit, & fur-tout à l'Art de bien écrire & de bien parler, la même fupériorité qu'elle avoit déja dans tout ce qui dépend du courage & de la grandeur d'ame.

Le fuccès a fi bien répondu à fon attente, qu'après un fiécle entier, le tribut d'Eloges que votre reconnoiffance lui a confacré, ne vieillit point, & que le nom de l'illuftre Magiftrat, qui foutint enfuite l'honneur de votre Etabliffement, vivra à jamais dans l'Hiftoire.

Mais LOUIS LE GRAND, à qui il étoit réfervé d'atteindre, de furpaffer même tout ce que le génie d'ARMAND avoit projetté de plus glorieux & de plus utile, fentit l'importance de fixer vos deftinées; il s'en chargea, & dès-lors le droit de vous protéger, fupérieur à la fortune ou à l'ambition de tous fes Sujets, devint un des droits de la Couronne, qu'il exerça avec le plus de fatisfaction & de complaifance.

L'héritier de fon Trône, de fes maximes & de fes vertus, le fut auffi de fes fentimens pour vous: Combien de preuves éclatantes ne vous en a-t'il pas données, depuis ce jour des commencemens de son Regne, où vous le vîtes s'asseoir ici, présider à vos exercices & les animer par sa présence & par ses bontez ?

Ce fut aussi dans les premiéres années de sa minorité, que M. l'ABBE' BIGNON, à qui mon devoir & ma douleur me rappellent toûjours, fut choisi pour remplacer M. l'Abbé de Louvois dans la charge de Bibliothécaire de SA MAJESTE'.

Deux Jerômes Bignon l'avoient possédée avant lui, & la République des Lettres à qui ce nom est dévoué depuis si long-temps, parut charmée de le revoir dépositaire de la plus noble portion de son Domaine ; j'ose l'appeller ainsi, parce que c'est principalement pour elle que cet immense & précieux amas n'a cessé de s'accroître & de s'embellir sous un Ministère ami des Muses & de la vertu.

Si le lieu où je parle, ne retentissoit pas encore des louanges de ce grand CARDINAL, que l'amitié constante de son Maître, ses regrets, ses larmes, ont déja immortalisé, je ne me refuserois pas au plaisir de vous décrire son empressement pour nos Trésors Littéraires ; vous le verriez se dérober aux plus grandes affaires, pour venir à différentes reprises, examiner à la Bibliothèque du Roi, l'état de ses bâtimens, les divers plans des édifices qu'il se proposoit d'y ajouter pour la rendre plus commode & plus superbe ; ne se trouver arrêté ni par la grandeur de la dépense, ni par la difficulté des temps, dès qu'il s'agissoit de quelque acquisition importante de Livres imprimez ou Manuſcrits , & avouer ingénuement, que ſon cœur n'avoit jamais été touché, que de cette ſeule eſpèce de richeſſes.

Les Etrangers qui juſques-là n'avoient fait que les entrevoir, commencérent par en être éblouis ; bientôt ils s'accoûtumérent à en faire uſage, & préſentement qu'ils les connoiſſent comme nous, ils en jouiſſent avec la même facilité : l'ordre qui regne au-dedans, répond à la magnificence des dehors , & l'érudition des Perſonnes attachées à ce Sanctuaire de la Littérature, augmente tout à la fois , le reſpect qui lui eſt dû, & les divers avantages qu'on en peut retirer.

Ce point de ſplendeur étoit le terme que votre illuſtre Confrére s'étoit preſcrit pour la retraite qu'il méditoit depuis long-temps ; & c'eſt là que rendu à lui-même , il entretenoit encore une correſpondance exacte avec les Sçavans de tout Pays , mais particuliérement avec ceux de la Bibliothèque , qu'il continuoit d'aider de ſes conſeils & de ſes lumiéres.

Toujours occupé de la perfection de ſon ouvrage , il avoit encore la ſatisfaction de communiquer le fruit de ſon expérience à un ſucceſſeur qui lui étoit cher, & qui déja connu par ſes ſervices dans un autre genre , étoit parvenu à des diſtinctions preſque au-deſſus de ſon âge.

Qu'ils m'ont été rapidement enlevez l'un & l'autre , cet Oncle dont la tendreſſe avoit épuiſé ma reconnoiſſance dès le berceau, & ce frére , dont l'amitié devoit faire toute la douceur de ma vie !

Auriez-vous pû être feuls infenfibles à une fitua-tion, dont votre Augufte Protecteur lui-même dai-gnoit déja tempérer l'amertume par la continuation de fes bienfaits ? Il s'eft plû à récompenfer dans le dernier rejetton d'une famille nombreufe, le dé-vouement & le zéle de fes Ancêtres. Que n'ai-je auffi tout leur mérite & tous leurs talens, pour jufti-fier autant qu'il eft poffible, une faveur fi marquée, & confirmer avec éclat le témoignage qui lui a été rendu de mes fentimens! Mais je ne défefpére pas, MESSIEURS, d'arriver un jour au but que je me propofe, puifque vous m'adoptez, & qu'intéreffez à me former vous-mêmes pour le bien des Lettres, fi je ne fuis pas un Collègue, je fuis du moins un difciple digne de vous.

cher de vos occupations l'étude du Geométre, ne fuf-
fifoit pas ; j'en appellerois à l'expérience. Et en m'ou-
bliant tout-à-fait ici (car je n'ai garde de penfer que
je puiffe être comparé à ceux dont je vais parler) je
ferois remarquer que les plus grands Hommes de l'an-
tiquité, les Platons & les Ariftotes, étoient à la fois
Poëtes, Orateurs, Philofophes, Geométres ; & réunif-
foient ces différentes parties que l'infuffifance des efprits tient d'ordinaire féparées, fans que ce foit aucune incompatibilité qui les fépare. Dans les mêmes
volumes où nous admirons la fcience de ces grands
Hommes en Mathématiques & en Phyfique ; nous
trouvons des traitez excellens fur la Poëfie, fur l'E-
loquence ; & nous voyons qu'ils poffédoient tous les
genres d'écrire.

Après la longue nuit dans laquelle les Lettres &
les Sciences furent éclipfées, depuis ces temps reculez
jufqu'à nous : on les vit tout à coup reparoître, &
prefque toûjours réunies dans les grands Hommes.

Defcartes, Geométre profond & Métaphyficien
fublime, nous a laiffé des Ouvrages dans lefquels
on auroit admiré le ftyle, fi le fond des chofes ne
s'étoit emparé de toute l'admiration.

Loke après avoir lié le plus intimement avec la
Logique, la fcience de l'efprit humain, a prefque
réduit l'une & l'autre à n'être qu'une efpéce de Grammaire ; & a fait voir que c'étoit dans ce préliminai-
re de toutes les Sciences, qu'il falloit chercher la
folution, de la plufpart des queftions qu'on regarde
comme les plus fublimes.

M. DE MAUPERTUIS, de l'Académie Royale des Sciences, ayant été élu par Meffieurs de l'Académie Françoife, y vint prendre féance le Jeudi 27. Juin 1743. & prononça le Dif-cours qui fuit.

MESSIEURS,

POURQUOI me trouve-je ici tranfporté tout à coup? Pourquoi m'avez-vous tiré de la féchereffe & de l'obfcurité des Sciences, qui ont jufqu'ici fait ma principale Etude, pour m'accorder une place fi éclatante? Avez-vous voulu par la récompenfe la plus flatteufe, couronner des travaux étrangers à cette Illuftre Compagnie, feulement parce que vous croyiez que ce que j'avois fait, étoit utile? ou (ce qui me flatteroit bien davantage) avez-vous voulu ne point regarder mes travaux comme Etrangers?

Je m'arrête, MESSIEURS, à cette dernière idée; elle me fait trop d'honneur pour qu'on ne m'excufe pas, fi je m'en laiffe éblouïr. Mes occupations & les vôtres étoient du même genre, & ne différoient que par le plus ou le moins d'étendue des carriéres que nous parcourions, & par l'inégalité de nos talents. Celui qui ne connoît l'Académicien François, que

B

comme appliqué à adopter ou à proscrire des mots harmonieux ou barbares, n'a pas d'idée de ses occupations. Mais on fait tort au Geométre, si l'on croit que tout son Art se borne à mesurer des lignes, des surfaces & des corps : lors-même qu'on lui accorde d'élever ses recherches jusques dans les Cieux, & de calculer les distances & les mouvemens des Astres.

Ce n'est ni sur les mots ni sur les lignes ; c'est sur les idées que l'Académicien & le Geométre travaillent ; c'est à examiner leurs rapports, que l'un & l'autre s'applique ; Etude immense, & le fondement de toutes nos connoissances.

La seule différence, MESSIEURS, que je trouve entre ces deux genres de Savans ; c'est que l'un renfermé dans des bornes étroites, ne se permet l'usage que d'un petit nombre d'idées, qui sont les plus simples, & qui frappent le plus uniformément tous les esprits : l'autre dans le champ le plus vaste, exerce ses calculs sur les idées les plus subtiles & les plus variées.

Il faut l'avouer ; (& c'est une justice que l'éclat de vos occupations ne peut m'empêcher de rendre à mes anciennes études) cette timidité du Geométre, cette simplicité des objets qu'il considére, fait qu'il marche d'un pas plus sûr. Une lumière médiocre, si elle n'est pas suffisante pour faire des découvertes, lui suffit pour éviter l'erreur : & quelle lumière ne faut-il point, pour porter sur les sujets les plus compliquez, des jugemens tels que ceux que vous portez ?

Si l'on admire celui qui découvre la force qui fait

mouvoir les corps ; qui en calcule les effets ; & qui détermine tous les mouvemens qu'elle doit produire : Quel Problème, ou plustôt quelle foule de Problêmes n'a pas résolu celui qui connoît bien toutes les forces qui font mouvoir le cœur : qui en proportionne l'action aux différens sentimens qu'il y veut exciter ; qui peut y faire naître l'amour ou la haine, l'espérance ou le désespoir ; y verser comme il veut la tristesse ou la joie ?

L'un exerce une espéce d'empire sur la matière, l'autre domine sur les esprits ; mais sans doute l'un & l'autre a des régles : & ces régles sont fondées sur les mêmes principes. Ce ne sont ni les lignes, ni les cercles tracez par le Geométre ; c'est la justesse de ses raisonnemens qui lui découvre les véritez qu'il cherche : ce n'est point le son des mots, ni une syntaxe rigoureuse ; c'est la même justesse qui fait que le Poëte ou l'Orateur dispose des cœurs à son gré. Et ce qu'on appelle du terme obscur de *génie*, est-ce autre chose qu'un calcul plus rapide & plus sûr de toutes les circonstances d'un Problème ?

Le Geométre & l'Académicien se servent des mêmes moyens pour parvenir à leur but ; cependant ils ne doivent pas donner la même forme à leurs Ouvrages. L'un peut montrer ses calculs, parce qu'ils ne sont pas plus arides que l'objet même qu'il considére ; l'autre doit cacher son Art, & ne doit pas laisser appercevoir les traces d'un travail, qui terniroit l'éclat des sujets qu'il traite.

Si tout ce que j'ai dit, MESSIEURS, pour rappro-

Je trouverois bien d'autres exemples de ces hommes qui n'étoient pas moins éloquens, que grands Philofophes & excellens Geométres.

Je citerois, peut-être, Newton même, comme un homme éloquent. Car pour les matières qu'il traite, la fimplicité la plus auftére, & la précifion la plus rigoureufe, ne font-elles pas une efpéce d'Eloquence? ne font-elles pas même l'Eloquence la plus convenable?

Je parcours ici les différens pays : car ces efprits deftinez à éclairer les autres, paroiffent comme les Aftres qui font répandus dans les différentes Régions du Ciel. Ces efprits, en effet, au-deffus de la mefure ordinaire, ne repréfentent ceux d'aucune nation ; & n'appartiennent qu'à l'Univers.

Un de ces grands Hommes, un de ceux qui a le plus réuni de Sciences différentes, Leibnitz avoit formé le projet d'une Langue univerfelle ; d'une Langue que tous les Peuples parlaffent, ou du moins dans laquelle les Savans de toutes les Nations puffent s'entendre. Alexandre ne trouva pas le monde entier affez grand ; il auroit voulu des Royaumes & des Peuples plus nombreux, pour multiplier fes conquêtes : Leibnitz non moins ambitieux, fembloit vouloir multiplier fes Lecteurs.

Projet véritablement vafte & digne de fon génie ! Mais fe peut-il exécuter ? & même retireroit-on d'une Langue univerfelle tous les avantages qu'il femble qu'on en doive attendre ?

Les Mathématiciens ont une efpéce de Langue

qu'on peut regarder comme univerſelle. Dans les Langues ordinaires, chaque caractère eſt l'élément d'une infinité de mots qui repréſentent des idées qui n'ont rien de commun entr'elles. Dans l'Algébre chaque caractère repréſente une idée : & les idées, ſelon qu'elles ſont plus ou moins complexes, ſont exprimées par des combinaiſons plus ou moins chargées de ces mêmes caractères.

Tous les Geométres de quelque pays qu'ils ſoient, entendent cette Langue ; lors-même qu'ils ne ſont pas en état de juger de la vérité des propoſitions qu'elle exprime.

Mais cet avantage qu'elle a d'être ſi facilement entendue, elle ne le doit pas ſeulement au principe ſur lequel elle eſt fondée ; elle le doit auſſi au petit nombre d'idées qu'elle entreprend de repréſenter. Un langage auſſi borné ne ſuffiroit pas pour les peuples les plus groſſiers.

Une Nation fameuſe ſe ſert d'une Langue, ou pluſtôt d'une écriture qui paroît fondée ſur le même principe que l'Algébre, & propre comme elle à être une Langue univerſelle. Mais l'eſprit de cette Nation, & la longue ſuite de ſiécles pendant leſquels elle a cultivé les Sciences, ont tellement multiplié & compliqué ſes caractères, qu'ils ſont pour celui qui les veut déchiffrer, une étude trop longue & trop pénible.

Si la ſtérilité rend la Langue des uns peu utile pour un commerce général d'idées : l'abondance rendra la Langue des autres d'un uſage trop difficile : &

M. DE MAUPERTUIS, *de l'Académie Royale des Sciences, ayant été élu par Messieurs de l'Académie Françoise, y vint prendre séance le Jeudi 27. Juin 1743. & prononça le Discours qui suit.*

MESSIEURS,

POURQUOI me trouve-je ici transporté tout à coup ? Pourquoi m'avez-vous tiré de la sécheresse & de l'obscurité des Sciences, qui ont jusqu'ici fait ma principale Etude, pour m'accorder une place si éclatante ? Avez-vous voulu par la récompense la plus flatteuse, couronner des travaux étrangers à cette Illustre Compagnie, seulement parce que vous croyiez que ce que j'avois fait, étoit utile ? ou (ce qui me flatteroit bien davantage) avez-vous voulu ne point regarder mes travaux comme Etrangers ?

Je m'arrête, MESSIEURS, à cette dernière idée ; elle me fait trop d'honneur pour qu'on ne m'excuse pas, si je m'en laisse éblouir. Mes occupations & les vôtres étoient du même genre, & ne différoient que par le plus ou le moins d'étendue des carriéres que nous parcourions, & par l'inégalité de nos talents. Celui qui ne connoît l'Académicien François, que

B

comme appliqué à adopter ou à profcrire des mots harmonieux ou barbares, n'a pas d'idée de fes occupations. Mais on fait tort au Geométre, fi l'on croit que tout fon Art fe borne à mefurer des lignes, des furfaces & des corps : lors-même qu'on lui accorde d'élever fes recherches jufques dans les Cieux, & de calculer les diftances & les mouvemens des Aftres.

Ce n'eft ni fur les mots ni fur les lignes ; c'eft fur les idées que l'Académicien & le Geométre travaillent ; c'eft à examiner leurs rapports, que l'un & l'autre s'applique ; Etude immenfe, & le fondement de toutes nos connoiffances.

La feule différence, MESSIEURS, que je trouve entre ces deux genres de Savans ; c'eft que l'un renfermé dans des bornes étroites, ne fe permet l'ufage que d'un petit nombre d'idées, qui font les plus fimples, & qui frappent le plus uniformément tous les efprits : l'autre dans le champ le plus vafte, exerce fes calculs fur les idées les plus fubtiles & les plus variées.

Il faut l'avouer ; (& c'eft une juftice que l'éclat de vos occupations ne peut m'empêcher de rendre à mes anciennes études) cette timidité du Geométre, cette fimplicité des objets qu'il confidére, fait qu'il marche d'un pas plus fûr. Une lumière médiocre, fi elle n'eft pas fuffifante pour faire des découvertes, lui fuffit pour éviter l'erreur : & quelle lumière ne faut-il point, pour porter fur les fujets les plus compliquez, des jugemens tels que ceux que vous portez ?

Si l'on admire celui qui découvre la force qui fait

mouvoir les corps ; qui en calcule les effets ; & qui détermine tous les mouvemens qu'elle doit produire : Quel Problême, ou pluftôt quelle foule de Problêmes n'a pas réfolu celui qui connoît bien toutes les forces qui font mouvoir le cœur : qui en proportionne l'action aux différens fentimens qu'il y veut exciter ; qui peut y faire naître l'amour ou la haine, l'efpérance ou le défefpoir ; y verfer comme il veut la triftefse ou la joie ?

L'un exerce une efpéce d'empire fur la matière, l'autre domine fur les efprits ; mais fans doute l'un & l'autre a des régles : & ces régles font fondées fur les mêmes principes. Ce ne font ni les lignes, ni les cercles tracez par le Geométre ; c'eft la juftefse de fes raifonnemens qui lui découvre les véritez qu'il cherche : ce n'eft point le fon des mots, ni une fyntaxe rigoureufe ; c'eft la même juftefse qui fait que le Poëte ou l'Orateur difpofe des cœurs à fon gré. Et ce qu'on appelle du terme obfcur de *génie*, eft-ce autre chofe qu'un calcul plus rapide & plus fûr de toutes les circonftances d'un Problême ?

Le Geométre & l'Académicien fe fervent des mêmes moyens pour parvenir à leur but ; cependant ils ne doivent pas donner la même forme à leurs Ouvrages. L'un peut montrer fes calculs, parce qu'ils ne font pas plus arides que l'objet même qu'il confidére ; l'autre doit cacher fon Art, & ne doit pas laiffer appercevoir les traces d'un travail, qui terniroit l'éclat des fujets qu'il traite.

Si tout ce que j'ai dit, MESSIEURS, pour rappro-

cher de vos occupations l'étude du Geométre, ne fuf-
fifoit pas ; j'en appellerois à l'expérience. Et en m'ou-
bliant tout-à-fait ici (car je n'ai garde de penfer que
je puiffe être comparé à ceux dont je vais parler) je
ferois remarquer que les plus grands Hommes de l'an-
tiquité, les Platòns & les Ariftotes, étoient à la fois
Poëtes, Orateurs, Philofophes, Geométres ; & réunif-
foient ces différentes parties que l'infuffifance des efprits tient d'ordinaire féparées, fans que ce foit aucune incompatibilité qui les fépare. Dans les mêmes
volumes où nous admirons la fcience de ces grands
Hommes en Mathématiques & en Phyfique ; nous
trouvons des traitez excellens fur la Poëfie, fur l'E-
loquence ; & nous voyons qu'ils poffédoient tous les
genres d'écrire.

Après la longue nuit dans laquelle les Lettres &
les Sciences furent éclipfées, depuis ces temps reculez
jufqu'à nous : on les vit tout à coup reparoître, &
prefque toûjours réunies dans les grands Hommes.

Defcartes, Geométre profond & Métaphyficien
fublime, nous a laiffé des Ouvrages dans lefquels
on auroit admiré le ftyle, fi le fond des chofes ne
s'étoit emparé de toute l'admiration.

Loke après avoir lié le plus intimement avec la
Logique, la fcience de l'efprit humain, a prefque
réduit l'une & l'autre à n'être qu'une efpéce de Grammaire ; & a fait voir que c'étoit dans ce préliminai-
re de toutes les Sciences, qu'il falloit chercher la
folution, de la plufpart des queftions qu'on regarde
comme les plus fublimes.

Je trouverois bien d'autres exemples de ces hommes qui n'étoient pas moins éloquens, que grands Philofophes & excellens Geométres.

Je citerois, peut-être, Newton même, comme un homme éloquent. Car pour les matières qu'il traite, la fimplicité la plus auftére, & la précifion la plus rigoureufe, ne font-elles pas une efpéce d'Eloquence? ne font-elles pas même l'Eloquence la plus convenable?

Je parcours ici les différens pays : car ces efprits deftinez à éclairer les autres, paroiffent comme les Aftres qui font répandus dans les différentes Régions du Ciel. Ces efprits, en effet, au-deffus de la mefure ordinaire, ne repréfentent ceux d'aucune nation; & n'appartiennent qu'à l'Univers.

Un de ces grands Hommes, un de ceux qui a le plus réuni de Sciences différentes, Leibnitz avoit formé le projet d'une Langue univerfelle; d'une Langue que tous les Peuples parlaffent, ou du moins dans laquelle les Savans de toutes les Nations puffent s'entendre. Alexandre ne trouva pas le monde entier affez grand; il auroit voulu des Royaumes & des Peuples plus nombreux, pour multiplier fes conquêtes: Leibnitz non moins ambitieux, fembloit vouloir multiplier fes Lecteurs.

Projet véritablement vafte & digne de fon génie! Mais fe peut-il exécuter? & même retireroit-on d'une Langue univerfelle tous les avantages qu'il femble qu'on en doive attendre?

Les Mathématiciens ont une efpéce de Langue

B iij

qu'on peut regarder comme univerfelle. Dans les Langues ordinaires, chaque caractère eft l'élément d'une infinité de mots qui repréfentent des idées qui n'ont rien de commun entr'elles. Dans l'Algébre chaque caractère repréfente une idée : & les idées, felon qu'elles font plus ou moins complexes, font exprimées par des combinaifons plus ou moins chargées de ces mêmes caractères.

Tous les Geométres de quelque pays qu'ils foient, entendent cette Langue ; lors-même qu'ils ne font pas en état de juger de la vérité des propofitions qu'elle exprime.

Mais cet avantage qu'elle a d'être fi facilement entendue, elle ne le doit pas feulement au principe fur lequel elle eft fondée ; elle le doit auffi au petit nombre d'idées qu'elle entreprend de repréfenter. Un langage auffi borné ne fuffiroit pas pour les peuples les plus groffiers.

Une Nation fameufe fe fert d'une Langue, ou pluftôt d'une écriture qui paroît fondée fur le même principe que l'Algébre, & propre comme elle à être une Langue univerfelle. Mais l'efprit de cette Nation, & la longue fuite de fiécles pendant lefquels elle a cultivé les Sciences, ont tellement multiplié & compliqué fes caractères, qu'ils font pour celui qui les veut déchiffrer, une étude trop longue & trop pénible.

Si la ftérilité rend la Langue des uns peu utile pour un commerce général d'idées : l'abondance rendra la Langue des autres d'un ufage trop difficile : &

il femble qu'on trouvera toûjours l'un ou l'autre de ces deux obftacles, qui s'oppoferont à l'établiffement d'une Langue univerfelle.

Mais fans s'arrêter à ces grands projets, qui femblent toûjours avoir quelque chofe de chimérique : une Langue dont l'ufage foit fi étendu, qu'il n'y ait aucune Contrée dans les quatre parties du monde, où l'on ne trouve des gens qui la parlent, ne procurera-t'elle pas à peu près les mêmes avantages ?

Fixer la fignification des mots, rendre fimples & faciles les régles de la Grammaire, produire dans cette Langue d'excellens Ouvrages en tous genres ; ce font là, MESSIEURS, des moyens fûrs pour y parvenir, & des moyens que vous pratiquez avec le plus heureux fuccès. Si de plus cette Langue eft celle d'une Nation puiffante, qui par fes conquêtes & par fon commerce, force fes voifins & les peuples éloignez à l'apprendre, ce font encore de nouveaux moyens qui la rendront plus étendue. C'eft ainfi que le Cardinal de Richelieu, par votre établiffement, autant que par le haut degré de puiffance où il porta la Monarchie, avoit deftiné la Langue Françoife à être la Langue de tous les Peuples. Elle le devint fous le Régne de LOUIS LE GRAND ; Régne fous lequel la Nation devint la première Nation de l'Univers.

Les Lettres & les Sciences, fi l'on ne veut pas les regarder comme des caufes, feront toujours des marques de la grandeur & de la félicité des Peuples : & l'ignorance & la barbarie, des fignes certains de leur mifére.

J'ai vû ces Peuples, qui habitent les dernières Contrées du monde vers le Pôle arctique : à qui l'intempérie du Ciel ne laiſſe ni la tranquillité ni le loiſir néceſſaires pour cultiver & multiplier leurs idées ; ſans ceſſe occupez à ſe défendre d'un froid mortel, ou à chercher dans les forêts de quoi ſoutenir une miſérable vie : leur eſprit eſt auſſi ſtupide, que leur corps eſt difforme : ils connoiſſent à peine les choſes les plus communes. Combien de nouvelles idées auroit-il fallu leur donner, pour leur faire entendre que ce que nous étions venus chercher dans leur pays, étoit la déciſion d'une grande queſtion ſur la Figure de la Terre : de quelle utilité ſeroit cette découverte ; & de quels moyens nous nous ſervions pour y parvenir. Ces Habitans de la Zône glacée, qui ne ſavoient pas le nom de leur Roi, apprirent celui de *LOUIS* : mais étoient-ils capables de comprendre quels ſont les avantages des Peuples ſoumis à un Roi, qui par de ſages loix aſſure leurs biens & leur repos ; qui employe les uns à défendre ou à étendre les frontiéres de ſes Provinces ; qui charge les autres du Commerce & des Arts ; qui veut qu'il y en ait qui ne ſoient occupez que des ſpéculations & des ſciences : & qui, en les rendant tous utiles, ſait les rendre tous heureux.

REPONSE

RÉPONSE DE M. DE MONCRIF, aux Difcours prononcez par M. BIGNON, & par M. DE MAUPERTUIS.

MESSIEURS,

Il y a deux fortes de Génies propres à éclairer leur fiécle : les uns fe manifeftent en s'emparant des efprits qui peuvent contribuer aux progrès de l'efprit même ; ils leurs infpirent une forte émulation ; ils leurs font trouver le prix de leurs travaux : les autres éclattent par une difpofition naturelle à s'élever, & leurs vues font accompagnées de talents éminens.

Pour remplir la première de ces deux carrières, il faut être animé d'un goût, ou pluftôt d'une paffion conftante pour l'efprit en général, fans prefque aucun retour fur la portion d'efprit qu'on a foi-même : on ne s'eftime ni comme Philofophe, ni comme Sçavant, ni comme Orateur, ni comme Poëte : mais comme Citoyen, on cherche à perfectionner la Philofophie, les Sciences, l'Eloquence, la Poëfie ; on regarde enfin l'efprit comme un bien de la focieté ; un bien qui augmente réellement de prix à mefure qu'il devient plus commun, parce

C

qu'il rend les hommes plus utiles les uns aux autres, plus aimables, plus vertueux.

Tel fut l'objet de l'illuftre Académicien à qui vous fuccedez, MONSIEUR; mais trop intéreffé à fa gloire par l'éclat qu'elle répand fur tous ceux qui portent un nom fi recommandable; vous avez cru ne devoir toucher qu'à peine un éloge plus facile cependant à étendre qu'à réduire : il n'auroit fallu pour le remplir que fe prêter à tout ce qu'il préfente, au lieu qu'on fe fent embarraffé en cherchant à choifir, parce qu'on regrette tout ce qu'on abandonne. Vous ne doutez pas du plaifir qu'on auroit eû d'entendre des louanges fi bien méritées qu'elles n'auroient point paru fufpectes mêmes dans votre bouche, quoique dictées par l'intérêt du fang, & par les fentimens de l'amitié, fortifiées encore par ceux d'une reconnoiffance que vous venez d'exprimer fi dignement.

Vous le trouvez, il eft vrai, généralement établi cet éloge que votre modeftie ne vous a pas permis d'entreprendre. M. l'Abbé Bignon s'eft occupé fans ceffe à perfectionner les Lettres & les Sciences, & par un jufte retour les grands hommes dans ces deux genres ont célébré celui qui les avoit favorifées.

Combien, en effet, s'eft-il rendu utile, particuliérement aux talens ignorez ! Les bons Ouvrages, quand ils ne font pas annoncez, font rarement la fortune qui leur eft due : la plufpart des gens, je dis parmi ceux qui fe piquent de goût, font plus

frappez de la réputation d'efprit que de l'efprit même : ils attendent tranquillement que le mérite d'au-
trui les force à le reconnoître. Vains & bornez
dans leurs vûes, ils n'apperçoivent que ce qui les
éblouit : ils commettent avec confiance leur juge-
ment par un rafinement de critique mal entendue, &
craignent de hazarder la plus fimple louange : il faut
qu'enfin l'autorité leur crie qu'il eft d'une bienféan-
ce indifpenfable d'applaudir.

Pour être foutenus d'un préjugé favorable, d'excellens Ouvrages, (a) ou font dédiez (b) à M. l'Abbé
Bignon, ou font mis au jour par fes mains. (c) Des
plantes inconnues empruntent l'appui d'un nom (d)
fi propre à les rendre célèbres : des découvertes
entrevues feulement, où dont la nouveauté eft
douteufe, lui font confiées ; on efpére qu'il ache-
vera de développer les unes ; on veut qu'il décide
fi les autres font effectivement naiffantes.

Qui jamais eût un plus grand crédit fur les efprits ? On lui foumettoit jufqu'à fon amour propre,
on attendoit pour être content de foi-même qu'on
fut affuré de fon fuffrage.

Que pourrois-je ajoûter ici à tant de témoignage d'eftime, à des diftinctions fi rares, lorfque

(a) M. Regis a dédié à M. l'Abbé Bignon un Livre intitulé, l'*Ufage
de la Raifon & de la Foi*, ou *l'Accord de la Foi & de la Raifon.*
(b) M. Guillelmini lui a dédié un Traité *De natura di fimi.*
(c) M. de Tournefort a laiffé en mourant fes Manufcrits à M. l'Abbé Bignon.
(d) M. de Tournefort, dans fon Voyage du Levant, nomme une
plante nouvelle *la Bignone.*

C ij

dans une carrière où des hommes s'immortalifent ; tous leurs pas méritent d'être comptez, la matiere devient trop abondante pour être renfermée dans un fimple éloge ; il faut s'en remettre à l'hiftoire. J'envifagerai feulement dans l'illuftre Confrere que nous regrettons, ce qui marque le mieux l'élevation de fes vues. Orné lui-même des dons & des connoiffances de l'efprit, fa plus chere étude fut de découvrir & de faire valoir le mérite capable d'effacer le fien ; il cherchoit en quelque forte, à fe voir obfcurcir par des talents qui fans fes foins ne fe fuffent point formez, ou qui feroient reftez dans l'oubli. Genre de gloire d'autant plus admirable qu'il fera peu recherché ! Plus M. l'Abbé Bignon perdit fucceffivement de fa fupériorité, plus fon ambition fut fatisfaite.

Mais pouvoit-il la perdre cette fupériorité ? Au milieu de tant d'hommes renommés, dont il avoit orné deux Académies * devenues chaque jour plus célèbres, ne fut-il pas toujours diftingué par le don de l'efprit qui a le plus d'afcendant fur l'efprit des autres ? Le plus grand fond d'Eloquence demande fouvent quelque préparation pour fe manifefter ; c'eft un amas de rich.ffes difperfées, & qu'il faut qu'au moins quelques réflexions raffemblent. Dans M. l'Abbé Bignon, le fujet que des occafions imprévûes l'engageoient de traiter devenoit à l'inftant fa matiére favorite. Elle fe préfentoit à lui par tout

* L'Académie des Infcriptions & belles Lettres, & l'Académie des Sciences.

ce qu'elle avoit d'intéreſſant ou d'agréable : il ſem-
bloit ne parler que ſon langage ordinaire ; & ce
langage qui vous enchantoit, vous penchiez à croi-
re que vous l'auriez parlé vous-même.

On reconnoît avec plaiſir la ſupériorité qui paroît
nous rapprocher d'elle ; on n'aime pas long-temps
ce qu'il faudra toûjours qu'on admire.

C'eſt par ce don heureux de la parole : c'eſt par
cette éloquence qui naît d'une parfaite connoiſſan-
ce des richeſſes de la langue, que M. l'Abbé Bignon recueillit tant de fois dans les autres Académies, (a) pour l'honneur de la nôtre, les applaudiſ-
ſemens les plus flatteurs. Mais en retraçant ici combien il a contribué à la gloire de l'Académie Françoiſe, je n'ai pas prétendu, MONSIEUR, fonder vos
droits ſur la place où vous êtes inſtalé aujourd'hui.
Pour être admis dans cette Compagnie, c'eſt peu
d'appartenir à ceux de nos Confreres dont le ſou-
venir nous eſt le plus cher : ſi l'on ne participe de
leur mérite, l'héritage paſſe dans d'autres mains :
c'eſt l'eſprit ſeul qui ſuccéde ici à l'eſprit : tout ce
que pouvoit un nom comme le vôtre, c'étoit de
nous faire ſouhaiter que par vos lumiéres vous le
fiſſiez un jour revivre parmi nous. Vous avez dès
long-temps fait naître nos eſpérances, vous vous êtes
hâté de les remplir. Dans un Tribunal (b) où ce
même nom qui par vous nous appartient encore, ſera

_____

(a) M. l'Abbé Bignon a préſidé long-temps à l'Académie des Inſ-
criptions & belles Lettres, ainſi qu'à celle des Sciences.
(b) Le Grand Conſeil.

C iij

toûjours honoré. (*a*) On vous a vû paſſer rápide-
ment des fonctions brillantes de l'Orateur à des
devoirs plus importans ; (*b*) il étoit bien juſte que la
même voix qui avoit inſpiré des arrêts éclairez , par-
vint à l'honneur d'en rendre elle-même de ſembla-
bles.

En marchant ainſi ſur les traces de vos Ancêtres, parvenu ſucceſſivement aux honneurs dont ils
ont joui ; ce qui contribuoit à votre élévation , a
ſans doute été mêlé de beaucoup d'amertume ; mais
ſi ces tréſors littéraires que le Roi vient de vous
confier, vous rappellent ſans ceſſe les pertes que
vous avez faites , (*c*) quels ſujets de ſatisfaction ne
vous offrent-ils pas auſſi , par l'utilité dont vous
ſerez aux Lettres ! Pour former avec choix cet
aſſemblage , l'admiration du monde ſçavant ; il
avoit fallu que la protection ſecourut conſtamment
le ſçavoir & le zéle. Situation bien favorable &
bien flatteuſe pour M. l'Abbé Bignon ; le ſang l'at-
tachoit au Miniſtre dont la confiance & la faveur
lui étoient néceſſaires , (*d*) & par un double enga-
gement ce digne Miniſtre aimoit & favoriſoit les
productions de l'eſprit par ce goût que nous avons
ſi naturellement pour nos propres richeſſes. Vous

(*a*) Jerôme Bignon, célèbre Avocat Général du grand Conſeil.

(*b*) Le nouvel Académicien eſt depuis pluſieurs années Préſident au grand Conſeil.

(*c*) Il a perdu preſque en même jour M. l'Abbé Bignon ſon oncle & M. Bignon de Blanſy ſon frere, qui avoient eu l'un & l'autre la place de Bibliothécaire du Roi dont il vient d'être pourvû.

(*d*) M. de Pontchartrain devenu depuis Chancelier.

n'avez rien à regretter à cet égard, Monsieur,
vous jouiſſez des mêmes ſecours , * & perſonne
n'ignore qu'ils naiſſent des mêmes ſources.

J'ai parlé , Monsieur , d'un ordre d'eſprits qui
par leur propre force, par les talens qu'ils trouvent
en eux-mêmes , ſont emportez vers de grands objets. Parvenus preſque naturellement au degré de
lumiére dont leur ſiécle eſt éclairé , ils attirent bientôt l'attention & l'eſtime des Nations. Ce qu'on
appelle proprement le Génie, eſt toûjours accom-
pagné d'une ſorte d'audace ; & cette audace regar-
dée par le vulgaire comme un mouvement du ca-
price ou de la vanité , eſt un certain eſſor de l'ame
qui caractériſe les hommes d'un mérite ſupérieur ;
un ſecret preſſentiment qui les avertit de ce qu'ils
doivent entreprendre.

Combien celui qu'anime cette heureuſe hardieſſe,
ne devient-il pas utile aux Arts & aux Sciences,
lorſque dans la route où l'objet principal de ſes travaux l'engage, doué de cet eſprit Philoſophique
qui ne voit rien d'indifférent dans la nature , il re-
cueille par-tout où il paſſe , des obſervations dont
chacune ſuffiroit pour illuſtrer ceux qui ſe ſeroient
bornez à cette ſeule recherche ?

Quels exemples des avantages de la Philoſophie
n'offre-t-il pas à quiconque peut en profiter , quand
ſans diſtinction des lieux ni des hommes , il retrou-
ve ſa Patrie, ſes amis, par-tout où il peut perfection-

* M. le Comte de Maurepas , dans le département duquel eſt la
Bibliothéque du Roi..

ner ſes connoiſſances ? Lorſque occupé ſans ceſſe du
ſpectacle de l'Univers, ſouvent frappé d'admiration,
& jamais d'étonnement ; également attiré par ce qui
flatte ou ce qui rebute, l'état de ſon ame eſt le même
dans le Palais d'un Roi, ou dans la cabane d'un
Sauvage ?

Ne peut-on pas dire que c'eſt là le vrai Citoyen
du monde, l'homme de toutes les conditions ?

Vous venez, MONSIEUR, d'entendre le com-
mencement d'un portrait dont vous ſeul ici n'avez
point fait la juſte application. Que ce qu'il a de flat-
teur, ne vous faſſe point balancer à vous y reconnoître : tout mon art n'a conſiſté qu'à peindre avec
fidélité ; l'éloge eſt tout entier dans le ſujet même.
Je puis parler avec liberté de la haute réputation
que votre eſprit s'eſt acquiſe ; j'ai pour garant l'a-
veu de tant de Sociétez ſavantes, (a) l'eſtime & l'a-
mitié même des Souverains : & ce que vous ne pou-
vez auſſi déſavouer, les excellens ouvrages dont
vous avez enrichi ſous nos yeux une Académie où
l'on a dès long-temps reconnu que vous étiez deſti-
né à décorer la nôtre.

Vos écrits (b) embraſſent ſans doute des objets

(a) M. de Maupertuis eſt des Sociétez Royales d'Angleterre, de
Pruſſe, de Suéde, de Bologne, & de l'Académie de Ruſſie. On ſçait
que le Roi de Pruſſe l'a attiré pluſieurs fois à ſa Cour, & que le Roi
de Suéde lui a auſſi marqué des bontez particuliéres.
(b) La Figure de la Terre déterminée par les obſervations de M. de
Maupertuis, & faites par ordre du Roi au Cercle Polaire. *Paris, de
l'Imprimerie Royale* 1738.
Degré du Méridien entre Paris & Amiens, déterminé par la méſu-

étrangers

étrangers à ceux dont l'Académie Françoise s'occu-
pe : & c'eſt cette différence même, qui nous donne
lieu de les reclamer. Par tout règne cet eſprit d'ordre appartenant en propre à la Métaphyſique : on
y trouve la ſorte d'élégance que chaque ouvrage
peut comporter ; car quel genre d'écrit n'eſt pas ſuſ-
ceptible d'élégance, quand l'Auteur eſt au-deſſus de
ſa matière. Vous avez l'art d'ôter aux ſujets que vous
traitez, ce qu'ils ont de rebutant par eux-mêmes ;
ſoit en expoſant par des images ce qui mis en rai-
ſonnement auroit paru d'une trop grande ſéchereſſe :
ſoit en interrompant par des réflexions lumineuſes,
une ſuite de faits ou de principes qui auroit fatigué
l'eſprit : ſoit par des comparaiſons ingénieuſes, où
l'on apperçoit entre des idées abſtraites & des idées
agréables, certains rapports faciles à ſaiſir dès qu'ils
ſont expoſez, & qui ont demandé pour les démê-
ler, bien de la fineſſe d'eſprit.

Heureuſes reſſources d'une belle imagination, en
fait de ſcience & de Philoſophie. N'avoir pour ſe
faire lire par les gens qui ſont inſtruits, que la clar-
té & l'exactitude qui ſuppoſe le ſçavoir & non le
génie, c'eſt ne remplir que des conditions indiſpen-

re de M. Picard, & par les obſervations de M. de Maüpertuis, &c.
Paris 1740.
Examen déſintéreſſé des différens Ouvrages qui ont été faits pour
déterminer la Figure de la Terre. *Amſterdam* 1741.
Diſcours ſur la Parallaxe de la Lune. *Paris, de l'Imprimerie Royale*
1741.
Elemens de Géographie. *Paris* 1742.
Diſcours ſur les différentes Figures des Aſtres, &c. *Paris* 1742.
Voyez les autres Ouvrages dans les Mémoires de l'Académie des Sciences.

D

fables. Il faut pour montrer de la fupériorité favoir enrichir fa matière , fans cependant la charger de rien d'inutile. Il faut enfin pofféder cette connoiffance de la Langue , & fur-tout cet art de l'employer , dont l'excellence tient à la manière de penfer.

On fe perfuade communément que certaines qualitez de l'efprit s'excluent réciproquement l'une l'autre , & l'expérience juftifie affez fouvent le principe. Qu'un homme fe foit livré uniquement pendant fes premiéres années à des connoiffances fublimes : qu'il fe foit réduit au commerce des gens que de pareilles fpéculations occuppent : que de-là on le tranfporte dans un monde entiérement différent , dans ces Sociétez diftinguées où l'efprit d'agrément a prefque toûjours le pas fur tout autre mérite , on s'attend avec affez de juftice à le voir long-temps deplacé. S'il arrive au contraire que fans rien emprunter du langage, de la forte de plaifanterie , des goûts , des graces qui font réuffir les autres , il trouve, même fans y fonger, le moyen de réuffir encore davantage : fi toûjours lui-même, il eft toûjours nouveau , parce que fon imagination eft toûjours variée ; combien il eft recherché , prévenu , vanté , chéri dans la Société ; & combien il eft digne de l'être !

En effet , quelle chaîne plus heureufe pour attirer les autres à lui ! Il a fur eux par fes lumiéres une fupériorité qu'ils fentent & qu'ils pardonnent en faveur des graces dont elle eft accompagnée.

L'eſtime, les égards qu'ils lui marquent flattent leur vanité ; c'eſt montrer qu'ils ſavent mettre le véritable prix au mérite. Leur amitié pour lui ne perd jamais de ſa premiére vivacité : car, quelle différence de l'amitié fondée ſur une eſtime ordinaire, ſur quelques convenances, ſur un commerce d'habitude, à celle qui eſt née du goût, & que le goût entretient ? L'une ſe renferme dans ſes devoirs, elle eſt ſérieuſe : l'autre eſt empreſſée & riante. Voilà, MONSIEUR, les avantages précieux dont l'agrément de votre commerce joint à l'étendue de vos connoiſſances, vous fait jouir : jugez ſi nous déſirons de vous voir ſouvent dans nos Aſſemblées particuliéres ? Venez, MONSIEUR, nous faire part de l'ingénieux ouvrage que vous avez différé de mettre au jour, afin qu'il appartienne plus intimément à cette Académie. Nous ſentirons tout le prix de cette marque de confiance : car, quelque merite qu'ait l'ouvrage même, il ne pourra rien ajoûter aux motifs que nous avons eu de vous adopter.

Que nos Aſſemblées vous attirent auſſi, MON- SIEUR, vous vivez depuis votre enfance avec ceux qui les compoſent. Ils viennent de faire pour vous par un choix éclairé ce que l'amitié leur avoit inſpiré dès long-temps. Répondez ſeulement à cette amitié ; leur choix eſt aſſez juſtifié par lui-même : mais (je dois vous le dire MESSIEURS) je vous offenſerois, & j'interpréterois mal les ſentimens de cette Compagnie, ſi je paroiſſois douter de votre exactitude à remplir ici vos engagemens. L'Acadé-

A M. BIGNON.

D ij

mie Françoiſe joüit d'une diſtinction qui lui répond
du zèle de tous ſes membres. Dans les autres Sociétez on admire avec toutes les Nations, les vertus,
les grandes qualitez de notre Monarque. Plus heureux, nous avons pour premier devoir le plaiſir de
les célébrer.

www.ingramcontent.com/pod-product-compliance
Lightning Source LLC
Chambersburg PA
CBHW061623180626
46818CB00005B/2209